Un personnage de Thierry Courtin
Couleurs : Sophie Courtin

Conforme à la loi n° 49.956 du 16 juillet 1949 sur les publications destinées à la jeunesse.

ISBN : 978-2-09-202041-8. N° d'éditeur : 10146518
Dépôt légal : janvier 2008
Imprimé en Chine

T'choupi rentre à l'école

Illustrations de Thierry Courtin

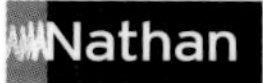

– Tu as bien dormi T'choupi ? C'est un grand jour, aujourd'hui.
– Oh oui ! Moi, je suis grand. Je vais à l'école maintenant.

– Alors maman, tu te dépêches ! Je suis prêt, moi. Oh non, zut ! j'ai oublié Doudou.
– Cours vite le chercher. Après, on y va, dit maman.

Devant l’école, tout
le monde attend.
– J’ai peur, maman.
Il y a trop de monde.
J’irai demain à l’école.
D’accord ?
– Mais non T’choupi,
ne t’inquiète pas.

– Viens, on va voir
ta classe, dit maman.
Et voici ta maîtresse.
– Bonjour T'choupi.
Je m'appelle Julie.
Tu viens avec moi ?
– Encore un bisou,
maman.

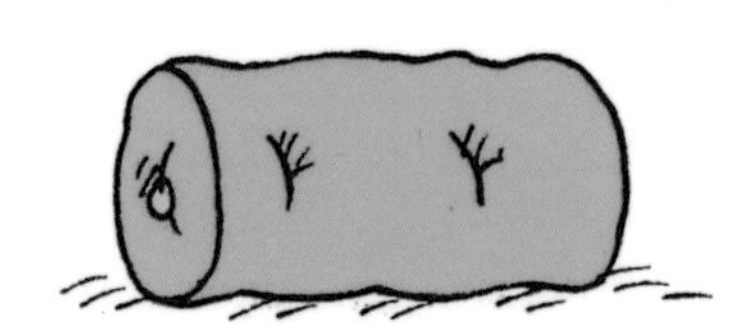

Oh ! voilà Pilou qui
arrive en retard !
T'choupi l'appelle :
– Pilou ! Viens vite
à côté de moi.
On fait de la peinture.

Julie dit :
– Venez les enfants.
On va jouer un peu
dans la cour.
T'choupi et Pilou
sont les premiers sur
le toboggan.

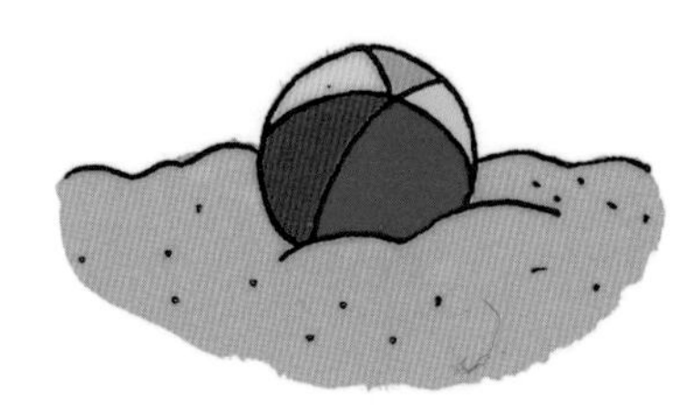

À la cantine,
on s'installe où on veut.
– Super ! Tu as vu Pilou.
Il y a des frites.
– On reste à côté,
hein T'choupi ?

C'est l'heure de la sieste.
Pilou dort déjà.
– Moi, je n'ai pas sommeil,
dit T'choupi.
Julie propose :
– Tu peux prendre un livre,
mais ne fais pas de bruit.

– Maintenant que tout
le monde est réveillé,
dit Julie, on va jouer
de la musique.
Pilou choisit le tambour
et T'choupi le xylophone.
Quel tintamarre !

C'est papa qui vient
chercher T'choupi.
– Coucou T'choupi,
me voilà !
– Déjà ! On a fait plein
de choses, papa. Ça passe
vite une journée à l'école.